AF356758

VENTE

DU LUNDI 6 DÉCEMBRE 1869

MAJOLIQUES

ITALIENNES

TERRES CUITES DE LA RENAISSANCE

Faïence de Bernard Palissy

TAPISSERIES ANCIENNES

COMPOSANT LA COLLECTION DE M. DE B...

Mᵉ CHARLES OUDART	M. ÉMILE BARRE
COMMISSAIRE-PRISEUR	EXPERT
26, boulevard des Italiens.	20, Chaussée-d'Antin.

J. Claye, imprimeur — 7, rue Benoît, à Paris

CONDITIONS DE LA VENTE

Elle sera faite au comptant.

Les acquéreurs payeront *cinq pour cent* en sus du prix
d'adjudication.

--------- ✸ ---------

L'Exposition mettant le public à même de
se rendre compte de l'état des objets, il ne sera
admis aucune réclamation une fois l'adjudication
prononcée.

CATALOGUE

DE

MAJOLIQUES

ITALIENNES

DES FABRIQUES DE

URBINO, FAENZA, GUBBIO, CASTEL-DURANTE, DERUTA, VENISE
MILAN, SICILIENNES ET HISPANO-ARABES

ŒUVRES DE LUCCA DELLA ROBBIA

TERRES CUITES DE LA RENAISSANCE

GRÈS DE FLANDRE ET D'ALLEMAGNE

Pièces de Bernard Palissy

FAIENCES DE ROUEN ET DE SCEAUX

TAPISSERIES ANCIENNES ARMORIÉES

OBJETS DIVERS

COMPOSANT LA COLLECTION DE M. DE B...

DONT LA VENTE AURA LIEU

HOTEL DROUOT, SALLE N° 9

Le Lundi 6 Décembre 1869

PAR LE MINISTÈRE DE Me CHARLES OUDART, COMMISSAIRE-PRISEUR

26, boulevard des Italiens

ASSISTÉ DE M. ÉMILE BARRE, EXPERT

20, Chaussée-d'Antin.

EXPOSITION PUBLIQUE

LE DIMANCHE 5 DÉCEMBRE 1869

DÉSIGNATION

TERRES CUITES DE LA RENAISSANCE

1. — Superbe statuette d'ange agenouillé, tenant à la main un flambeau.

Pièce très-remarquable.

2. — Portrait d'homme en buste.

3. — Buste de Jacopo de la Querce.

ŒUVRES DE LUCCA DELLA ROBBIA

4. — Statuette de Bacchus.

5. — Deux statuettes représentant des anges.

6. — Fontaine en ancienne faïence italienne, avec couvercle formé par des fruits, de *Lucca della Robbia*.

7. — Corbeille.

8. — Huit plaques en faïence italienne, à figures, dans leurs cadres, en terre cuite ancienne.

MAJOLIQUES ITALIENNES

9. — Superbe plaque en faïence d'*Urbino,* du xvie siè-
cle, représentant Vénus couchée, d'après le
tableau du Titien.

Pièce de la plus belle qualité.

10. — Grand & beau plat d'*Urbino,* décor de fresques;
dans l'ombilic un Amour.

11. — Petit vase d'*Urbino,* à côtes, décor de fresques;
anses formées par des serpents & des mascarons.

12. — Deux coupes d'*Urbino,* sujets d'après Raphaël.

13. — Deux petits vases d'*Urbino,* à figures.

14. — Petit vase à anses & goulot, décor d'après Raphaël, fabrique d'*Urbino.*

15-16-17. — Trois autres vases de même forme & de
même fabrique.

18. — Autre vase de même forme & de même fabrique,
plus petit, *aux armes d'Autriche.*

19. — Petit vase à anses d'*Urbino.*

20. — Grand vase en ancienne faïence de *Monte-Lupo.*

21. — Plateau en ancienne faïence de *Monte-Lupo.*

22. — Un grand vase à anses en faïence de *Gubbio.*

23. — Deux petits vases à anses en faïence de *Gubbio*.

24. — Vase en ancienne faïence de *Deruta*.

25-26-27. — Trois pièces, faïence de *Deruta*.

28. — Vase à anses formées par des têtes d'anges, fabrique de *Deruta*.

29. — Vase à anses avec écusson, fabrique de *Deruta*.

30. — Deux cornes en faïence ancienne de *Faenza*, ornées de têtes de nègres & d'armoiries.

31. — Gourde en faïence de *Faenza*.

32. — Plaque en faïence, à reflets métalliques, représentant saint Jérôme.

33. — Plat à godrons de *Castel-Durante*, avec tête de jeune homme dans l'ombilic.

34. — Autre plat de *Castel-Durante*, avec tête de guerrier.

35. — Deux cornets, fabrique de *Caffaggiolo*.

36 à 40. Cinq belles plaques en ancienne faïence de *Castelli*, à sujets de personnages.

41 à 45. Cinq coupes, même fabrique, décor d'Amours & de paysages.

46. — Quatre jolies tasses de *Castelli*, décor de paysage & de figures, à fond doré.

47. — Deux petites plaques, paysages, fabrique de *Castelli*.

48. — Deux petits tonneaux formant gourdes, en faïence *della Frata*, avec décor en creux & inscriptions.

49. — Aiguière & sa cuvette, en ancienne faïence de *Venise*, décor de fleurs & de banderoles jaunes ; *l'aiguière porte un monogramme.*

50. — Charmant plateau sur piédouche en ancienne faïence de *Milan*.

51. — Plat à décor bleu & jaune, fabrique des *Abruzzes*.

52. — Panier à surprises, fabrique des *Abruzzes*.

53. — Deux vases en faïence de *Naples*.

54. — Deux petites coupes de *Castelli*.

55. — Plat de *Castelli*.

56 à 63. Huit plats de grande dimension, en faïence *hispano-arabe*, à reflets métalliques, *dans leurs cadres noir & or.*

64. — Grand & beau plat *siculo-mauresque*, décor de feuillages bleus & jaunes, à reflets métalliques, portant dans l'ombilic un écusson fleurdelisé.

65 à 72. Huit plats en ancienne faïence de *Perse*.

73. — Vasque à godrons, en ancienne faïence d'*Urbino*.

74. — Petit plat, décor de fresques, en ancienne faïence d'*Urbino*.

75. — Le lion de Saint-Marc, en ancienne faïence d'*Urbino*.

76. — Petit vase forme coquille, supporté par trois cariatides de femmes entourées de serpents, ancienne faïence d'*Urbino*.

77. — Deux salières à armoiries, en ancienne faïence d'*Urbino*.

78. — Plat avec portrait d'un roi, bordure armoriée & décorée de fresques & d'arabesques, fabrique de *Faenza*.

79. — Coupe à surprises, de même fabrique, avec décor en relief & bordure à jour.

80. — Encrier avec couvercle, ancienne faïence de *Milan*.

81. — Encrier surmonté d'un groupe allégorique.

82. — Vase avec armoiries, portant deux fleurs de lis.

83. — Deux porte-bouquets, décor bleu.

84. — Plat à jour, avec fleurs de lis ; sur l'ombilic un navire flottant.

85. — Autre plat à jour ; au centre une armoirie.

86. — Pot à anses, fond vert, avec médaillons en relief, des fleurs & des figures.

87. — Cafetière, décor bleu.

88. — Statuette de princesse.

89. — Petite soupière à jour, anses formées par des fleurs de lis.

90. — Panier à jour, en terre brune émaillée.

91. — Très-jolie buire, avec décor d'armoiries & de guirlandes de fleurs.

92. — Plaque représentant en relief un canard dans des branchages.

GRÈS

93. — Très-jolie cruche en grès jaune de Flandres, avec bas-reliefs & médaillons de figures & inscriptions, *datée 1584*.

94. — Autre buire en grès bleu & gris, à médaillons & ornements, *datée 1490*.

95. — Autre, à godrons, mascarons & feuillages en relief.

96. — Pot à tabac en grès émaillé en couleur, sur fond noir, avec animaux en relief & médaillons de personnages.

97. — Vase à anses, avec reliefs d'animaux, *datée 1709*.

98. — Grande canette en grès blanc, avec personnages, *datée 1554*.

FAIENCES DE BERNARD PALISSY

99. — Très-belle gourde, formée par des coquillages en relief, à fond brun.

100. — Autre gourde, formée par des coquillages en relief, à fond blanc & bleu.

101. — Vase à anses en faïence émaillée en couleur sur fond noir, avec les douze apôtres en relief, à la date de 1611.

(Suite de Palissy.)

102. — Petite gourde en faïence émaillée, à relief.

(Suite de Palissy.)

FAIENCES DIVERSES

103. — Grand & beau plat, en ancienne faïence *hongroise*, avec sujet représentant un prince de Géorgie à cheval ; armoiries & riche bordure de trophées d'armes ; derrière, une inscription.

104. — Vase à six pans, décor d'oiseaux, ancienne faïence *hongroise*.

105. — Vase à anses, même fabrique, décoré d'ustensiles de corporations, & *daté 1760*.

106. — Encrier en faïence allemande, émaillé vert, avec décor de figures & de mascarons.

FAIENCES FRANÇAISES

107. — Deux beaux plateaux sur piédouche en ancienne faïence de *Rouen*, décor bleu à rayons.

108. — Deux jolis petits vases Louis XVI, avec galerie à jour, en ancienne faïence de *Sceaux,* avec décor de bouquets de fleurs, d'une extrême finesse.

TAPISSERIES ANCIENNES

109. — Cinq tapisseries d'Aubusson , décorées d'enfants & surmontées d'armoiries.

110. — Objets divers.

ERRATUM

111. — Très-beau plat, en ancienne faïence de *Castel-Durante,* décor d'arabesques blancs sur fond bleu; au centre un portrait d'homme en costume oriental.

112. — Autre plat de même fabrique, décor de trophées d'armes & de musique avec Amour dans l'ombilic.

113. — Plat de *Pesaro, daté 1546,* avec sujet représentant la mort de Pyrame.

114. — Plat creux d'*Urbino,* avec tête de vieillard & inscription.

PARIS. — J. CLAYE, IMPRIMEUR, 7, RUE SAINT-BENOIT. — [1910]